Paroles de fée

Pactes d'Amour

«L'amour est emportement
L'amour est enthousiasme
L'amour est risque (...)»
Martin Gray

L'amour

Vous voulez la paix :
créez l'amour.
Victor Hugo

- J'aimerais que tu me parles d'amour.

- L'amour est un vaste sujet, simple et complexe à la fois. Il faut que tu comprennes une chose : le mieux pour aimer, c'est de s'aimer soi-même car on ne donne que ce que l'on possède. Tout est là.

- Oui, c'est vrai, c'est simple. Tu sais.... Ce que je ne comprends pas très bien, c'est pourquoi des personnes qui s'aiment, qui ont des enfants ensemble, finissent bien souvent par ne plus s'aimer. Pourquoi des parents rejettent leur enfant parce qu'il est différent, ou bien pourquoi des personnes dès qu'on les aime, ont peur qu'on ne les aime plus...

- Ça fait beaucoup de questions…

- Tu as dit que c'était complexe…

- Oui, c'est vrai !

- Alors, dis, comment faut-il faire pour bien aimer ?

- Je vais commencer par l'amour qu'on se porte à soi-même, car de là découlent pas mal de choses. En fait, tout part de là.

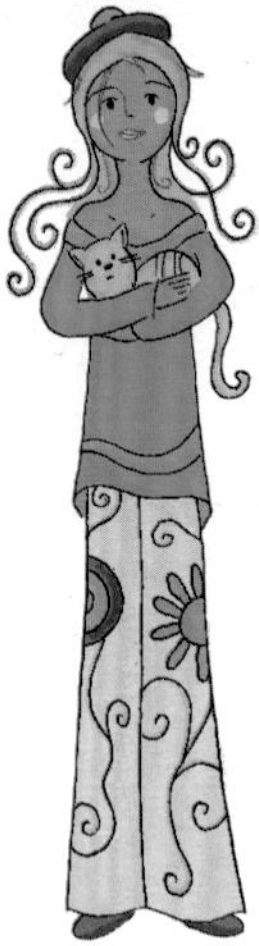

Soi-même

S'aimer soi-même
est le début d'une histoire d'amour
qui durera toute une vie.
Oscar Wilde

- Pour certaines personnes, s'aimer n'est pas si facile que ça.

- Et pourtant, c'est important de s'aimer !

- Oui ! Elles ne comprennent même pas pourquoi on les aime, ce qu'on trouve de beau en elles. S'aimer soi-même est la base de chaque vie. C'est sur l'amour que l'on se porte que tout repose : nos relations avec les autres, notre confiance en la vie, nos parcours de vie…

- Oui, mais si on ne s'aime pas et que les autres nous aiment, ça va !

- Non, ça ne va pas. Tout l'amour que les autres pourront

nous porter ne comblera jamais notre manque d'amour pour nous-même.

- Oui, mais on dit souvent qu'il faut penser aux autres d'abord.

- Eh bien, je ne crois pas. Pour moi, la première des choses est d'apprendre à s'aimer d'un amour doux et simple. S'aimer, savoir se pardonner, avoir de la tendresse pour nos erreurs, nos maladresses, s'aimer assez pour savoir que les autres peuvent nous aimer.

- Et si l'on ne s'aime pas assez ?

- Si l'on ne s'aime pas, les relations avec les autres sont faussées car on cherche chez l'autre l'amour qu'on ne sait pas se donner, on lui demande des preuves de son amour, faute de pouvoir s'aimer soi-même. On lui demande d'être présent, d'être disponible, s'inquiétant dès qu'il s'éloigne. Arrive alors la jalousie, la possession, la dépendance affective.

- Mais la jalousie, c'est quand on aime trop l'autre !

- Non, la jalousie, c'est quand on ne s'aime pas assez soi-même.
Si l'on s'aime, l'amour qu'on se porte rejaillit sur les autres. Chaque pas que l'on fait pour s'aimer soi-même nous rapproche des autres.

Il faut veiller à s'aimer, à se faire plaisir, à rire, à rire de soi, pour son propre bien-être mais aussi pour le bien être des autres.

Le pacte de la reconnaissance

Je m'aime
comme je suis.
Je m'aime
et j'accepte mes qualités.
Je m'aime
et je sais reconnaître mes défauts qui sont là
pour me faire grandir.
Je m'aime
et j'aime me retrouver avec moi-même.
Je m'aime
et je me le dis chaque jour pour ne pas oublier
à quel point cet amour est important.
Je m'aime
et je m'engage à me pardonner pour ainsi pouvoir
avancer sur mon chemin.
Je m'aime
et je m'engage à veiller à mes désirs et à mes besoins.
Je m'aime
et je m'engage à prendre soin de moi.

Je m'aime
et je m'engage à favoriser ce qui m'apporte
du bonheur et de la joie.
Je m'aime
et je sais que je me porte chance.
Je m'aime
et je sais rire de moi car il y a peu de choses
qui soient vraiment graves.
Je m'aime
et je sais qu'en m'aimant j'aime mieux
les autres.
Je m'aime
et j'ai pleinement conscience que cet amour
rayonne et qu'il rejaillit autour de moi.
Je m'aime et, par cet amour,
je reconnais que je suis.

Les amoureux

Dans un couple,
peut-être que l'important
n'est pas de vouloir rendre l'autre heureux,
c'est de se rendre heureux et d'offrir
ce bonheur à l'autre.
Jacques Salomé

- Et l'amour d'amoureux ?

- Ah… Être amoureux est une belle expérience mais, pour qu'elle reste belle, il faut veiller à continuer à s'aimer soi-même, c'est primordial. Deux personnes qui ne s'aiment pas elles-mêmes, qui ne veillent pas au pacte de la reconnaissance, auront du mal à former un couple heureux.

- Oui… Car si on veut bien aimer l'autre, il faut s'aimer soi-même !

- Exactement ! La vie amoureuse me questionne beaucoup. C'est vrai, on voit des gens s'aimer, décider de vivre en couple puis, quelques années après, avoir du mal à vivre ensemble. Dans le meilleur des cas, la tendresse est là, parfois l'amour aussi, mais la vie à deux devient impossible.

- Pourquoi ?

- Sans doute parce qu'il y a trop de demandes de part et d'autre, trop d'attentes, trop de compromis à faire, de perte d'identité à supporter pour pouvoir continuer à avancer sereinement ensemble.

- Alors les personnes se séparent…

- Oui, après des mois de questionnement, d'hésitation, la solution de la séparation arrive avec son lot de problèmes et de tristesse.
Alors, la première question qui me vient est : part-on sur de bonnes bases ?
Est-ce que les fondations de la maison qu'un couple crée sont les bonnes ?

- Comment ça ?

- Eh bien, à travers les romans, les films, les contes, les chansons, on nous parle de belles histoires d'amour, de fusion entre deux êtres. Ces histoires sont magiques et nous ne demandons qu'à y croire. Comme

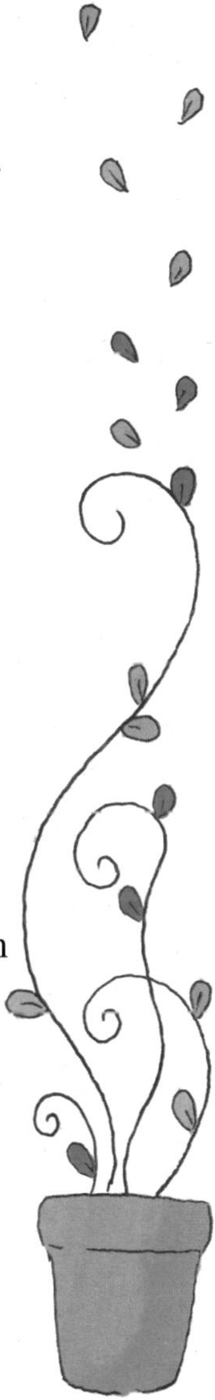

un enfant va croire au Père Noël, nous allons croire aux belles histoires d'amour qui durent toujours.
Si notre base est celle-ci, nous nous dirigeons droit vers un échec, car une fois dans l'histoire, nous nous apercevons que rien ne se passe comme on nous l'avait dit.

- Alors ?

- Alors, la question est : lorsque deux personnes décident de former un couple, sont-elles pleinement en accord sur la manière dont elles conçoivent cet amour ? Pleines de leur amour tout neuf, elles pensent au couple qu'elles vont former, mais prennent-elles le temps alors de penser aux deux personnes qu'elles sont ? Comme si c'était une vie de s'aimer l'un l'autre pour s'oublier soi-même.
Et puis, ont-elles pensé à la fin de leur histoire ?

- Mais ! Elles n'en sont qu'au début !

- Oui, mais toute chose a une fin, quelle qu'elle soit. Quand tu apprends à faire du vélo, une des premières choses qu'on t'apprend, c'est à freiner… Eh bien là, c'est important de penser aussi à la fin car, quelle qu'elle soit, elle arrivera.

- Oui, je comprends.

- Par exemple, il est important de se promettre que le

jour où l'histoire arrivera à son terme, nous saurons le voir, reconnaître que c'est la fin et se remercier des bons moments passés ensemble. Se promettre que, même si on ne s'aime plus comme un couple, on s'aimera assez pour permettre à l'autre de commencer une nouvelle étape de sa vie dans la paix.

- Des fois, je trouve que les personnes s'aimeraient mieux si elles ne vivaient pas ensemble.

- Je suis bien d'accord ! Nous nous sentons obligés pour former un couple, de vivre ensemble, et plus encore lorsqu'il y a des enfants, ce que je comprends.

Mais quand ce choix de vivre ensemble n'est plus un choix, mais une obligation subie et mal vécue, n'ayons pas peur de changer les choses en vivant ce changement non comme un échec, mais comme un pas en avant.
Ne pas être heureux n'aide personne. Subir est inutile.
Prendre une grande respiration et changer sa vie, le sourire aux lèvres, attentif au bien-être de tous, est une belle aventure.

La vie à deux est une balade. Il faut chaque jour cheminer ensemble, savoir s'attendre, accepter d'explorer le chemin de l'autre et, le soir venu, prendre le temps de partager.

Le pacte des amoureux

Je t'aime
et souhaite continuer à t'aimer,
mais je ne te promets pas de t'aimer toute ma vie.
Je t'aime
et souhaite partager de beaux moments avec toi,
mais je ne partagerai pas tous mes instants avec toi.
Je t'aime
et j'ai plaisir à être avec toi,
et, même si nous sommes d'accord sur beaucoup de points, je pense et ressens les choses différemment de toi.
Je t'aime
et, si un jour notre relation engendre de la souffrance pour toi ou pour moi, malgré notre amour mutuel, je m'engage à ne pas considérer cette souffrance comme un échec et à chercher avec toi les solutions dans la paix, pour pouvoir continuer à nous aimer.
Je t'aime
et je te le dirai souvent pour ne pas oublier le choix que nous avons fait de former ce couple.
Je t'aime
et j'ai pleinement conscience que mes douleurs anciennes peuvent avoir une incidence sur notre couple et je te remercie de comprendre que ces douleurs sont

anciennes et ne sont pas liées à toi.
Je t'aime
mais je ne t'appartiens pas.
Je t'aime
et je ne souhaite pas te manquer quand tu n'es pas avec moi.
Je t'aime
et je souhaite que le jour où notre histoire de couple s'arrêtera, nous saurons le reconnaître, et nous saurons nous remercier mutuellement pour tous les beaux moments passés ensemble.
Je t'aime
et je souhaite que le temps passé à tes côtés soit un temps d'amour et de paix.
Je t'aime.

l'état d'enfance

On est de son enfance
comme on est d'un pays.
Antoine de Saint-Exupéry

- Et les enfants ?

- Là aussi, il faut penser à la fin.

- Encore !

- Oui, car pour bien avancer, il faut savoir où l'on va ! Nous accompagnons les enfants dans les premières années de leur vie pour leur donner les bases d'une vie la plus libre et la plus heureuse possible.

Quelle joie de voir ses enfants prendre leur envol, se sentir assez solides pour avancer loin de nous ! Le but n'est pas de les garder avec nous toute la vie. Je suis toujours très étonnée quand des parents se plaignent de voir leur enfant grandir. Pour moi, c'est toujours un bonheur de voir un enfant grandir, évoluer, s'épanouir, quel que soit son âge.

- Oui ! C'est bien de grandir ! J'ai toujours hâte d'être un peu plus grand !

- Je te comprends ! C'est passionnant d'avoir plein de choses à apprendre, plein de choses à faire pour la première fois ! Alors, quand un enfant naît, il faut être pleinement conscient qu'il va nous quitter. Et en être heureux pour lui.

- Bon, d'accord, on a pensé à la fin... Et le début ?

- Notre enfance est gravée en nous, elle a un impact sur toute notre vie. De l'enfance naît l'adulte que nous sommes ou que nous serons. L'état d'enfance nous accompagne notre vie durant.

- Oui, alors c'est mieux s'il y a eu de l'amour !

- Bien sûr ! L'amour est l'élément essentiel à donner à un enfant. On s'aime mieux si on a été aimé dans notre enfance et, donc,

on aime mieux.
Pour moi, aimer un enfant c'est, dès sa naissance, le considérer comme une personne à part entière, et lui laisser la place pour grandir en étant pleinement lui-même, en ayant toujours au cœur l'idée de l'accompagner.

Aimer un enfant, c'est l'accompagner, éviter qu'il se fourvoie, lui indiquer les chemins que l'on aime, qui nous semblent les mieux pour lui, puis le laisser choisir.

Mais il y a une chose qu'il ne faut pas oublier : cet état d'enfance que nous avons tous connu est en nous à tout jamais. C'est à partir de cet état que se tissent nos liens vers nous-même et vers les autres.

Le pacte à l'état d'enfance

Je t'aime
tu es mon enfant, mais tu n'es pas à moi,
tu es un être libre.
Je t'aime
et je m'engage à construire notre relation sur l'amour et
la compréhension mutuelle.
Je t'aime
et je souhaite t'aider à construire ta vie dans le respect
de toi-même et des autres.

Je t’aime
et je te promets de t’accompagner sur
ton chemin aussi longtemps
que tu le désireras.
Je t’aime et j’ai confiance dans ta capacité
à t’épanouir, proche ou loin de moi.
Je t’aime
et je serai toujours là pour toi, mais je ne
m’imposerai pas à toi.
Je t’aime
et te voir grandir me remplit de bonheur.
Je t’aime
et quels que soient tes choix,
je les fêterai avec toi.
Je t’aime
et ton bonheur rejaillira sur moi.
Je t’aime
et, quand tu voleras de tes propres ailes,
tu ne me manqueras pas
car notre lien est amour.
Je t’aime.

La vie

La vie est une chance, saisis-la.
Mère Teresa

- Le dernier point dont je veux te parler est la Vie.

- Tu m'en parles depuis le début !

- Oui, c'est vrai. Mais ce pacte est pour honorer la Vie sous tous ses aspects.

Le seul fait d'être en vie est une merveille que nous oublions jour après jour, trop pris dans la fausse vie qui nous enchaîne à des biens matériels, à de fausses obligations, à de faux désirs et qui laisse nos rêves s'éteindre.

Chaque jour, nous devrions fêter le simple fait d'exister !

Le pacte de Vie

Je t'aime
et chaque jour je grandis.
Je t'aime
et j'ai confiance en la vie.
Je t'aime
et je m'engage à fêter chaque jour
les présents que la vie m'offre.
Je t'aime
et je souhaite que la joie m'accompagne.
Je t'aime
et je sais que chaque évènement
de ma vie est là pour me faire avancer.
Je t'aime
et je m'engage à célébrer la vie,
ne serait-ce que par un simple sourire.
Je t'aime
et je m'engage à veiller à mon bonheur
car le bonheur des personnes qui
m'entourent en dépend en partie.
Je t'aime
et je m'engage à explorer la vie avec
gourmandise en prenant soin de moi.
Je t'aime
et je te remercie.
Je t'aime.